RELÈVE LES DÉFIS,

ESCAPE

DÉCODE LES ÉNIGMES

BOOK

ET ÉCHAPPE-TOI DU LIVRE !

L'ÎLE AUX MYSTÈRES

EDITIONS

www.404-editions.fr

un département d'Édi8,
12, avenue d'Italie, 75013 Paris.

Maquette : Axel Mahé

Relectures et corrections : Ségolène Estrangin

Illustrations : Marcel Pixel

Loi n°49-956 du 16 juillet 1949 sur les publications destinées à la jeunesse, modifiée par la loi n° 2011-525 du 17 mai 2011.

ISBN : 979-1-0324-0255-9

Dépôt légal : février 2019 - Imprimé en Espagne.

STÉPHANE ANQUETIL

RELÈVE LES DÉFIS,

ESCAPE

DÉCODE LES ÉNIGMES

BOOK

ET ÉCHAPPE-TOI DU LIVRE !

L'ÎLE AUX MYSTÈRES

Jeune mousse sur un bateau de pirates, tu es perdu sur une île bien mystérieuse ! Débrouille-toi pour repartir et vite, petit pirate, l'île volcanique va entrer en éruption ! Tu émerges de l'inconscience dans une grotte enfumée. Heureusement, Harry, ton perroquet, est là pour t'aider. Explore, trouve des objets, résous des énigmes, échappe aux dangers... Sauras-tu t'échapper à temps, te faire des alliés et peut-être ramener un fabuleux trésor ?

Règles du jeu

Pour te déplacer, tu disposes d'une carte qui t'indique les principaux lieux de l'île, de 10 en 10.

Attention, ne suis pas à tout prix l'ordre des numéros, mais les chemins représentés sur la carte.

Par exemple, en 20, tu auras le choix entre aller en 30, en 60 ou en 70.

Certains lieux, bien cachés, sont en pointillé ; pour y aller, il te faudra passer des obstacles avec ton astuce ou des objets.

Ces objets, tu les trouveras **en gras** au cours de ton aventure. **Une corde**, par exemple. Tu cocheras ton inventaire chaque fois pour te rappeler que tu possèdes bien cet objet.

Quand tu es dans un lieu précis et que tu veux utiliser cet objet, **utilise une combinaison.** Elles sont toutes, à la fin du livre en A2, mais aussi sur le rabat. Comment cela marche ? Eh bien, tu suis le tableau de résolution qui renvoie à un numéro de paragraphe. Certains objets peuvent s'utiliser deux à deux, comme **un grappin** et **une corde,** ça fera :

Corde	Grappin + corde	Grappin
220	**221**	**222**

Pour utiliser la corde, tu liras le résultat **en 220.** Pour l'association du grappin et de la corde, **en 221.** Pour le grappin seul, **en 222.** Va lire ces paragraphes pour t'entraîner.

Attention, si l'objet n'est pas dans ton inventaire, ou indiqué dans le tableau, il ne peut être utilisé.

Dans cette aventure, un perroquet, Harry, t'accompagne. **Il te prodigue des conseils tout au long de ce livre.** Mais comme ce volatile est capricieux, ses conseils sont tout aussi énigmatiques.

Enfin, le livre est illustré. **Pour certaines énigmes, des indices sont cachés dans l'image,** alors fais bien attention aux détails. N'oublie rien, car chaque détail peut avoir son importance ! N'hésite pas à prendre des notes.

Amuse-toi bien sur l'île aux mystères !

Carte

Chaque rond avec un numéro représente un lieu de l'île. Les lieux sont reliés entre eux par des chemins. Déplace-toi le long des chemins pour te rendre au lieu. Tu ne peux pas sauter une étape du chemin. S'il faut passer par « 70 » pour se rendre en « 80 », tu dois d'abord résoudre l'énigme ou la situation que tu lis au paragraphe 70. Pour lire ce qui se passe, va au paragraphe indiqué par le numéro. Les lieux entourés de pointillés, comme « 90 » ou « 110 », te sont encore inconnus ou inaccessibles pour l'instant. On te dira dans le texte quand tu les auras « débloqués ». Certains lieux mystérieux ne sont pas indiqués sur cette carte. Tu les découvriras au fil de ton aventure.

Commence ton aventure au lieu 1.

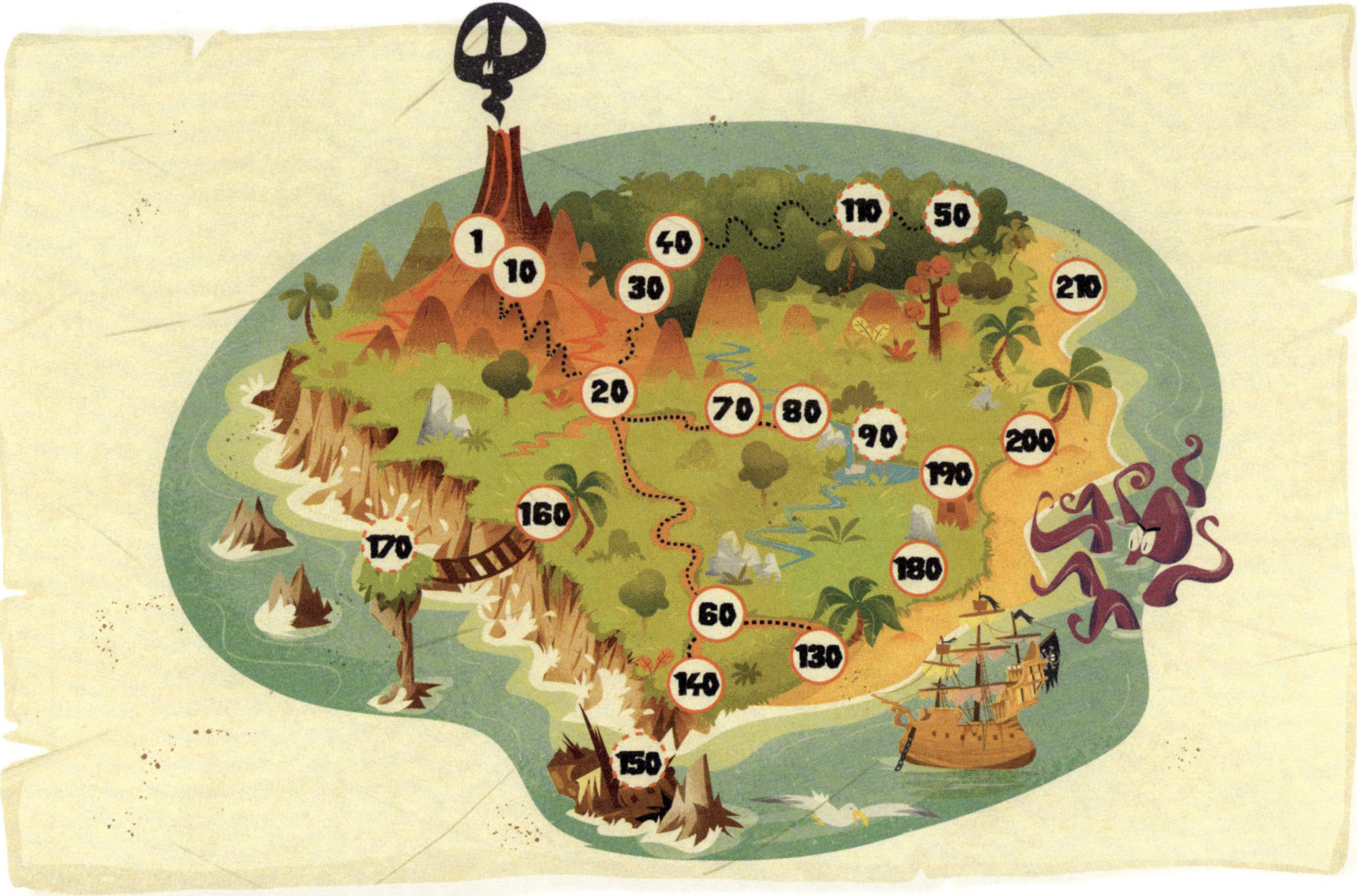
1
10
20
30
40
50
60
70
80
90
110
130
140
150
160
170
180
190
200
210

1
Une grotte enfumée

« Coco !

– Réveille-toi, coco ! Crois-moi, il ne faut pas rester là ! »

Aïe ! Un perroquet t'a mordu l'oreille ! Ça fait mal ! Mais ça réveille !!!

Tu te relèves en toussant. Tes yeux te piquent quand tu les ouvres. Tu es dans une grotte saturée d'une fumée âcre et désagréable. Il y a eu un accident, un éboulement de rochers. Tu as très mal à la tête. Tu ne te souviens pas bien de ce que tu fais là. Tu as le souvenir de faire partie d'un équipage de pirates. Tu as dû être assommé par une des pierres qui se sont écroulées. Tu te relèves péniblement, mais ça va. Tu n'as rien de cassé. Et tu tiens debout. Derrière toi, le fond de la grotte semble être complètement bouché par l'éboulement.

Un perroquet volette autour de toi. Pas n'importe quel perroquet ! Un très bel ara, aux plumes rouges, jaunes et bleues. Il te parle : « Coco ! Je suis Harry, ton perroquet.

Ce n'est pas pour me vanter, mais je t'ai sauvé la vie. C'est moi qui t'ai prévenu qu'il fallait s'enfuir. Les pirates que tu accompagnais ont fait sauter la montagne ! Ils ont ouvert un passage vers les laves d'un volcan. Ce n'est pas malin !

– Qu'est-ce qu'ils sont venus chercher ?

– Que cherchent les pirates, moussaillon ? Un trésor ! »

Tu ramasses **un foulard rouge** par terre, tu l'ajoutes à ton inventaire. Tu peux cocher ce foulard sur la liste des objets, en A3 à la fin du livre. Pour l'utiliser tout de suite, par exemple sur ton nez ou ta tête, tu peux utiliser la table des combinaisons à la fin de ce livre (en A2). Comment ça marche ? Tu suis la ligne « Foulard » et tu regardes avec quoi tu veux le combiner : nez, tête, rocher, etc.

Si le renvoi existe vers un paragraphe, alors va lire le résultat. Parfois ça marche, parfois non. Bon, pour voir si tu as compris, essaie avec le foulard. Va aux combinaisons, en A2. Lis le résultat puis reviens ici. Je te conseille d'utiliser le rabat ça sera plus simple.

Là, je t'ai suggéré directement d'essayer ce foulard, mais si tu veux essayer autre chose, un autre objet, essaie dans les combinaisons.

La fumée redouble d'intensité et te fait tousser une nouvelle fois. Cette fumée est dangereuse. Tu sens qu'il ne faut pas rester là. Où est la sortie ? Tu peux essayer de te frayer un passage à travers les pierres, **en 2**. Ou fouiller la grotte, **en 6**.

2

Tu remues les pierres. Certaines sont très lourdes et tu dois utiliser toutes tes forces. Du coup, tu respires plus fort à cause de l'effort, et c'est une mauvaise idée. La fumée acide pénètre plus profondément dans tes poumons. Es-tu protégé ? Sinon, tu tousses trop. Là, on est gentils, c'est le début de l'aventure et tu es trop jeune pour mourir, même pour de faux. Alors tu peux retourner **en 1** et faire un autre choix.

Si tu es protégé de la fumée, tu arrives à faire rouler un gros caillou, ce qui libère un passage vers l'extérieur. Comme tu es petit, tu peux te glisser dedans et te retrouver **en 10**. Mais avant, as-tu pensé à fouiller la grotte, **en 6**, à la recherche d'outils qui pourraient t'aider ?

3

Tu enroules soigneusement le foulard autour d'un petit rocher. C'est très mignon, on dirait une petite dame avec son foulard sur la tête. Non, petit pirate, sois sérieux. Reprends ton foulard, retourne en 1 et fais un autre choix.

4

Tu mets le foulard sur ton nez et ta bouche, ça filtre un peu la fumée et tu respires mieux. C'est une bonne idée ! Retourne d'où tu viens, en 1, sache que, désormais, tu es protégé de la fumée.

5

Tu enroules le foulard autour de la tête et fais un nœud. Tu as vraiment l'air d'un pirate maintenant ! Bravo ! Tu es paré contre les coups de soleil ! Ah, mais zut, il y a toujours cette fumée...

6

Si tu n'as pas trouvé un moyen de te protéger de la fumée, ta toux t'empêche de fouiller, tu dois retourner immédiatement **en 1**. Sinon, tu peux lire la suite.

En fouillant la grotte, tu trouves **une corde** par terre, tu l'enroules soigneusement autour de ta taille et tu la rajoutes à ton inventaire. Tu peux cocher cette corde sur la liste des objets. Tu peux faire des combinaisons avec, maintenant. Par exemple, elle est assez longue pour t'aider à franchir une petite rivière ou nouer un lasso. Après tout, tu es un petit pirate débrouillard !

10

Après avoir rampé quelques mètres, tu débouches enfin sur la sortie de la grotte ! Ouf, de l'air frais ! Libre ! Tu es sur les pentes d'une petite montagne qui surplombe une île. Tu découvres un paysage paradisiaque de plages et de cocotiers d'un côté. Tu aperçois une jungle épaisse de l'autre, et un sentier de montagne qui descend vers un plateau rocheux et planté de pins.

Derrière toi, la montagne fume. En fait, tu comprends vite que c'est un petit volcan. Tu es sûrement sur une île volcanique, jaillie des eaux grâce à ce volcan. Et apparemment, il est encore actif. Tu ne vas pas rester là à bâiller devant un volcan qui, lui, ne dort plus ! Alors, tu descends le sentier sinueux qui court en Z le long du flanc du volcan. Il est tantôt assez facile et large, tantôt plus escarpé, juste de quoi laisser passer un homme. Par endroits, les anciennes coulées de lave sont devenues de la roche grise friable. À la sortie d'un virage étroit,

tu découvres **un petit baril de poudre**. Quelqu'un a dû le laisser tomber là en montant. Il est encore plein et la poudre noire est encore sèche. Tu le ramasses, ça peut toujours servir. Pense à cocher « Baril de poudre » sur ton inventaire. Tu arrives **en 20**.

20

Le sentier arrive sur un plateau avec quelques arbres épars. Il continue de descendre au sud vers la mer, **en 60**. Mais tu découvres une autre piste, un chemin plus discret vers une vallée étroite, **en 70**. Tu peux aussi essayer de trouver une piste au nord-est vers la jungle, **en 30**.

À toi de voir, où veux-tu aller ? Que fait-on ? Pour te déplacer, maintenant, il suffit de regarder les chemins disponibles sur le plan du rabat. Attention, rappelle-toi que certains lieux en pointillé doivent être débloqués ! Souvent grâce à l'usage d'un objet de ton inventaire (en A3) utilisé avec un autre ou un lieu dans les combinaisons, en A2. Dans ce cas, le texte te dit que le lieu est accessible ou que tu y parviens.

« J'ai toujours plein d'idées, ajoute le perroquet, alors si tu bloques, demande-moi, à deux, on est plus forts ! »

Partons à l'aventure ! Regarde le plan et choisis où tu veux aller !

30

Il y a de plus en plus d'arbres et la végétation se densifie. Le silence cède la place à des cris d'oiseaux et à des bruissements d'animaux dans les buissons. Soudain, une volée d'oiseaux multicolores s'envolent. Tu sursautes, tu as eu aussi peur qu'eux ! Harry est fou de joie : « Ce sont mes cousins ! » Effectivement, ce sont aussi des aras. Ils portent tous la même collerette verte sur la tête, un ventre jaune vif et des ailes aux plumes bleues. Exactement comme cela et dans cet ordre. C'est très joli.

« Et moi alors ? »

Allons bon, Harry est vexé. Attention ! les perroquets sont très jaloux. Quand on ne joue pas avec eux, ils se mettent à mordre l'oreille ! « Mais oui, Harry, tu es très beau toi aussi, avec tes plumes rouges ! » Tu trouves également des **fruits** délicieux. Ajoute-les à ton inventaire, ils sont comestibles et bien juteux.

Par contre, si tu continues par-là, tu vas te perdre dans la jungle. Si tu penses avoir **de quoi t'orienter**, essaie une combinaison.

Sinon, tu tournes en rond dans la jungle et tu finis par retrouver tes propres traces de branches brisées et tu te retrouves sur le sentier, en 20.

31

Non, un briquet ne t'aidera pas. Tu y vois très bien, ça ne sert à rien dans ce cas. Heureusement que la jungle tropicale est humide, tu aurais pu mettre le feu !

32

Tu regardes à travers la bouteille, comme si c'était une longue-vue. Tu es en pleine jungle, tout est bouché par la végétation à moins de 2 mètres de toi. Sois un peu sérieux, petit pirate !

33

Je crois qu'il est bien mieux sur ta tête, il te protégera !

34

Bien sûr, c'est à cela que ça sert. Grâce à cet instrument magnétique, tu peux t'orienter dans la jungle sans peur de te perdre. Tu peux progresser dans la minicarte de la jungle et ses pistes illisibles. Nouveau lieu débloqué ! Bravo ! Rends-toi **en 40** pour explorer la jungle. Mais attention, c'est dangereux ! Retourner au croisement **en 20** est peut-être plus avisé dans un premier temps.

40

Ce lieu t'est inaccessible, tu ne peux arriver ici qu'à condition d'y avoir été invité.

Grâce à la boussole, tu peux progresser. La jungle commence, il n'y a pas de piste. Tu dois te frayer un chemin entre

les plantes, les arbres et les lianes. C'est épuisant. L'atmosphère est humide et ta peau devient vite moite. Les insectes se posent sur toi et certains te piquent. Il y a pire, tu as nettement l'impression que l'on t'observe. Un animal envisagerait-il de faire de toi son déjeuner ? Tu essaies de chasser cette idée de ta tête, mais tu te rends compte que tu n'as pas d'armes pour te défendre. Avec l'expérience, tu remarques des pistes discrètes, sinueuses, que tu peux suivre comme sur ce plan. Va de paragraphe en paragraphe, ils sont reliés par un chemin. C'est hasardeux et dangereux.

Harry croasse : « Fais donc le tour de l'île ! Avant, explore toute l'île ! »

As-tu tout exploré ? Es-tu assez bien équipé ? Réfléchis avant de t'aventurer dans cette jungle… Une piste au sud mène **au 47**. Une autre à l'est **au 43** et enfin, à l'opposé, vers l'ouest **en 41**. Tu peux toujours revenir par le début de la jungle, **en 30**, et de là au croisement des chemins, **en 20**.

Ton perroquet se perche sur une branche. Puis, à l'aide de ses doigts griffus opposés deux à deux, il en fait plusieurs fois le tour dans tous les sens. Quel acrobate ! Il cause : « Sais-tu dans quel SENS tu vas ? »

41

Cette partie de la jungle est tapissée de toutes sortes de fleurs. Pétales, pistils, pédoncules et calices de toutes formes et couleurs se disputent la faveur de merveilleux papillons. Le spectacle est magnifique ! Peut-être trouveras-tu parmi ces fleurs, une des plus utiles ? Si tu la trouves, note bien sa couleur et coche **Fleur** dans ton inventaire. Attention, les fleurs peuvent être toxiques, ne les cueille pas au hasard ! D'ici tu peux repartir **en 40** ou **en 47**, regarde ton petit plan de la jungle.

42

Alors que tu regardes en l'air, pour essayer de te guider avec le soleil parfois visible dans les trouées du feuillage, un bruit sec... Une flèche s'abat tout près de toi ! Elle t'a raté de peu ! Horreur ! Tu discernes un visage vert très effrayant qui bouge dans les buissons de la jungle. Une créature ? un démon ? Il a des bras. Ouf, un masque ! Ce n'est pas un monstre, mais un humain. C'est un petit indigène musclé et maquillé de noir qui reprend une flèche

dans son carquois. Soudain, il pousse un hurlement, lâche sa sarbacane et attrape son pied. Tu en profites pour t'approcher d'un bond. Un petit serpent rouge avec des anneaux noirs s'enfuit ! Attention !

L'Indien s'est fait mordre par un serpent corail ! Il est terrorisé. À son air, tu comprends vite que le serpent en question doit être venimeux. Veux-tu l'aider ? Tu peux faire cela en 100. Ou alors tu l'abandonnes là à son triste sort et tu poursuis ton exploration avec le miniplan de la jungle.

43

Tu émerges péniblement de la végétation dans une zone peu dense et sombre. Il y a comme une construction de bois, mais non ! Ce n'est pas une construction humaine, c'est un arbre gigantesque. Il faudrait une ronde de plusieurs hommes pour en faire le tour. Le tronc a de nombreuses cachettes. Tu plonges la main dans l'une d'entre elles, mais tu la retires bien vite, car elle est recouverte de grosses fourmis ! Tu risques de te faire piquer. Tu n'as plus qu'à contourner le tronc et à poursuivre avec ta carte de la jungle et ta boussole vers l'est, **en 44**. Ou revenir **vers 40**, au nord.

44

Dans les entrelacs de végétation, tu progresses difficilement. Tu reprends ton souffle et lèves la tête, une vieille pirogue est en équilibre sur la canopée des arbres proches. Elle est vermoulue. Comment a-t-elle bien pu arriver là ? Par la main de l'homme ? emportée par une tempête tropicale et déposée là par un vent d'enfer ? Tu essaies de monter aux arbres, mais le bois est glissant. Tu te décourages vite. Tu entends le volcan gronder. C'est très impressionnant. Il faut que tu restes concentré sur ton aventure, que tu trouves ce maudit trésor du capitaine Flynn pour convaincre tes amis pirates de partir de cette île avant que le volcan explose ! Reviens **en 40** et fais vite !

45

Le sentier est tapissé et balisé de bornes de pierre noire. Des dessins d'animaux de l'île sont sculptés en bas-relief… Malgré la végétation qui reprend le dessus, ta progression est rapide. Tu sens que tu te rapproches du but et tu trottes allégrement, lorsque, soudain, une pierre cède sous tes pieds ! Tu tombes **en 120**. Va vite lire ce qui t'arrive et note d'où tu viens sur le plan.

46

Tu marches dans les entrelacs de lianes et autre plantes épineuses qui n'ont cessé de freiner ta progression.

Tourner en rond ainsi n'a pas de sens. Bientôt, tu devines des formes de huttes. Des cabanes effondrées, à moitié reprises par la nature. Tu comprends vite qu'il y avait là un village indigène… aujourd'hui vide d'habitants. Il n'y a que des vestiges, des restes de poterie et des outils rouillés ou abîmés. Rien d'intéressant pour toi, et il te faut reprendre ta progression dans la jungle mystérieuse. Au sud vers 48, à l'est en 42, ou à l'ouest, en 47.

47

Alors que tu sors des fourrés de la jungle et que tu regardes avec plaisir la lueur du soleil descendre des hautes cimes des arbres autour de la clairière, tu pousses soudain un cri d'horreur ! Un pirate mort est allongé sur une pierre noire basse. Il n'est pas là depuis très longtemps. C'est un pirate, car tu le reconnais à sa jambe de bois, c'est un des hommes d'équipage, un pirate comme toi ! Il s'appelait John Silver. Un mauvais bougre, qui te bousculait et prenait ta part de nourriture quand il avait un peu trop bu. Eh oui, tu n'es qu'un petit mousse. Tu es triste pour lui, mais tu ne peux rien faire.

Il a une flèche plantée dans le torse. Il n'est pas mort naturellement en s'allongeant sur cette pierre. C'est un autel. Les pirates n'utilisent pas d'arc, tu le sais. L'autel porte des sculptures d'animaux naïfs. Cette île n'est pas déserte du tout. En regardant attentivement, tu vois que le pirate serre quelque chose dans sa main. En l'ouvrant, tu comprends pourquoi il serrait si fort… c'est un joli **bouton ancien** avec une fleur de lys. C'est un **bouton d'uniforme de marin**. Le lys représente le royaume de France.

Tu penses à cocher ton inventaire, en A3, et tu le glisses dans ta poche. Tu peux continuer ton chemin avec la carte de la jungle et ta boussole.

Un chemin vers l'est **en 42**. Un autre vers l'ouest **en 41** ou vers le sud **en 46**. Si tu as peur, tu peux rebrousser chemin **vers 40**.

48

Finalement, et après une heure à crapahuter dans cette jungle trop dense, l'espoir revient. Car au loin ce sont bien des cris de mouettes. Aurais-tu enfin traversé cette fichue île ? Ivre de joie, tu cours et écartes les dernières feuilles pour déboucher en haut d'une falaise. L'océan couleur turquoise, une plage de sable fin et plus loin à gauche le volcan qui fume...! Tout ça pour arriver sur ce cul-de-sac... C'est trop difficile. Il ne te reste plus qu'à faire demi-tour, en 46. Et si plutôt tu te servais d'une indication qui t'a été donnée en même temps que la boussole ?

49

Lorsque tu réussis enfin à t'extraire de la végétation épineuse, collante ou agressive de la jungle, tu débouches auprès d'un mur de pierre noir. Tu le contournes. Tu es face à un petit temple précolombien abandonné, en 110. « C'est la fin », dit ton perroquet. Quel oiseau de mauvais augure ! Ou alors il le pense vraiment et c'est bientôt la fin de l'aventure.

50

Tu ne peux arriver ici que si tu as passé de nombreux obstacles. Si tu arrives ici par hasard, c'est pas du jeu. Ne lis pas la suite.

Dans la pénombre, éclairé par la lueur faible d'une torche de fortune allumée avec ton briquet, tu frémis d'excitation en explorant le temple. Tu découvres des statues, un autel aux offrandes de fruits et de fleurs depuis longtemps desséchés. Dernières traces d'un culte ancien que les indigènes de l'île vénéraient. Rien qui intéresse les pirates à la recherche d'or, de pierres précieuses et autres trésors... Des trésors comme celui du capitaine Flynn, échoué sur cette île avec son vaisseau, le *Fancy Pearl*. Un capitaine Flynn qui a d'abord essayé d'attirer d'autres pirates comme lui sur cette île perdue. Ce afin d'être secouru sans risquer d'être pendu s'il était retrouvé par n'importe quelle marine régulière. Un capitaine Flynn qui a donc caché son trésor chez ses amis indigènes, en laissant à leur unique survivant la tâche de défendre ce temple. C'est le jeune Indien que tu as croisé. Et te voilà enfin, dans l'obscurité d'un temple ancien, près du but. En effet, un lourd coffre de marine est posé dans un recoin. Il est sec, et a conservé son état et sa superbe. Il protège encore le trésor de son propriétaire. Bien trop lourd pour pouvoir être déplacé seul, il va te falloir l'ouvrir. Il y a bien trois sortes de mécanisme en métal avec des fentes en guise de serrure. Il faut insérer des objets précis. Quels objets pourraient bien te servir ? À moins que Flynn n'ait emporté son secret avec lui dans sa tombe ! Ou, justement, pas.

Assure-toi d'avoir exploré toutes les parties de l'île, regarde bien ton inventaire, et vois si trois des effets personnels de Flynn ne seraient pas la combinaison qui ouvrirait le coffre.

Harry te picore l'oreille. Puis il dit : « Flynn tombe mort… Flynn tombe mort… » Sinistre.

51

Évidemment, une clé pour ouvrir un coffre, cela semble logique ! Pourtant, ce serait trop facile ! Elle ne rentre qu'à moitié. Ce vieux coquin de Flynn n'a pas verrouillé son coffre avec une simple clé. Même si, tu t'en souviens, cette clé n'a pas été si simple à attraper.

52

Il y a bien un trou, une fente qui pourrait convenir à la bague, en insérant le chaton, soit la tête de la bague, avec l'emblème pirate, le crâne et les tibias la première. Au moment où tu arrives au bout, tu tournes la bague et tu entends un déclic ! Harry se trémousse… Le premier verrou est débloqué !

Si tu as déjà débloqué les trois verrous, va en 59. Sinon, continue tes combinaisons.

53

Tu enlèves le pendentif que tu gardais par commodité autour du cou. Si le collier ne sert à rien, il est évident que la croix entre facilement par le bas dans un des mécanismes. Ça fait comme une clé à section carrée et tu n'as qu'à la tourner en appuyant sur les bras de la croix. Bien joué ! Un déclic se fait entendre et tu as débloqué le deuxième verrou !

Si tu as déjà débloqué les trois verrous, va **en 59**. Sinon, continue tes combinaisons.

54

Voici un objet pratique qu'on devrait avoir toujours avec soi. En plus, tu l'as trouvé près de la tombe du capitaine. Il est donc logique que tu t'en serves pour essayer d'ouvrir son trésor. Malheureusement, ça ne marche pas. Et tu ferais mieux de t'en servir pour examiner de plus près les fentes des verrous. Il y a trois formes : un carré, un rond et une croix.

55

Mais bon sang, c'est bien sûr ! Le bouton a une fleur de lys, or ce symbole de marin français était mentionné sur la tombe. Tu l'insères dans la fente la plus ronde, il disparaît, mais sa forme appropriée a déclenché un mécanisme. Tu as bien débloqué un des verrous, bravo !

Si tu as déjà débloqué les trois verrous, va en 59. Sinon, continue tes combinaisons.

56

Même si elle appartenait probablement à ce bon vieux Flynn, elle n'entre dans aucune des trois fentes.

59

Victoire ! Les trois verrous sont débloqués. Le couvercle du coffre n'offre aucune résistance et se soulève avec facilité. Ton perroquet caquette et volette d'excitation en parlant : « C'est gagné ! C'est gagné ! »

Il n'y a pas d'or dans ce coffre. Tu es déçu, mais l'or, c'est très lourd à transporter. Or ce sont des petits sacs de pierres précieuses que tu trouves. Émeraudes, rubis, topazes, il y en a pour tous les goûts et toutes les couleurs. Et surtout de quoi satisfaire tes compagnons les pirates et les convaincre de partir !

Tu peux aller lire la fin de cette aventure, à l'épilogue à la toute fin du livre ! Félicitations !

60

Entraîné par la pente douce, tu descends vite le plateau. Tu déboules sur une large bande de sable fin, avec quelques cocotiers. Quelle belle plage ! Autour, la mer, partout. Vers l'ouest, **au 130**, tu aperçois un groupe de pirates affalés au pied des cocotiers. Ils gardent un canot. Les pirates ont l'air de dormir en plein soleil. Au loin, en mer, tu aperçois le navire qui t'a amené ici. Son pavillon noir ne laisse que peu de doutes.

De l'autre côté, vers l'est, tu poursuis le tour de l'île par la plage. Il doit y avoir un récif pas loin, **en 140**, car tu discernes une masse sombre au niveau de l'écume blanche des vagues, pas très loin du rivage.

70

La vallée pierreuse continue le long d'un ravin, un petit ruisseau jaillit de la roche et coule. C'est de l'eau douce et tu en profites pour te désaltérer et te débarbouiller de la suie et la sueur. Tu entends même une chèvre bêler au loin. La vallée se prolonge en un ravin étroit, le cours d'eau chante au milieu et des plateformes rocheuses couvertes d'aiguilles de pin sur les côtés. Tu ne peux pas monter sur les bords escarpés, à moins d'être une chèvre, justement !

Tu peux persévérer en bondissant de pierre en pierre en 80 ou rebrousser chemin.

80

Tu arrives au sommet d'une chute d'eau haute d'une dizaine de mètres. L'eau en tombant produit des sons musicaux, c'est très agréable à l'oreille. Le soleil qui perce entre les pins provoque un joli effet d'arc-en-ciel avec les éclaboussures de l'eau en contrebas. Impossible de sauter sans se briser le cou sur les cailloux en bas. Pas de tronc à proximité pour attacher une corde. Les rochers de chaque côté de la cascade forment comme un grand escalier naturel. Tu descends sur le premier rocher. Il ne bouge pas et tu ne glisses pas, c'est encourageant. Tu remarques alors qu'il est gravé au canif d'un Do. Qui a fait ces graffitis ?

Puis, en regardant attentivement, tu vois que chaque rocher porte des lettres gravées. Tu relèves la tête, une planche de bois cachée dans une branche morte porte en petit la maxime « Domicile adoré, facile à trouver ». Voilà

domicile adoré
facile à trouver
DO
MI
SI
SOL
MI
FA
SI
LA
LA
DO
RÉ
SOL
FA

qui est curieux ! Quelqu'un vit par ici ? Un lutin facétieux ? Sur le rocher suivant est inscrit Mi. Tu descends dessus avec facilité. Tu poses le pied dessus. Il bouge un peu. C'est effrayant ! Tu te laisses vite tomber sur le rocher en dessous. Il est marqué d'un Si. Puis tu as le choix entre deux possibilités : soit traverser la cascade d'un bond pour atteindre le rocher La, soit continuer ta descente sur le prochain rocher, marqué Sol.

Choisis en allant directement au numéro du paragraphe indiqué dans les combinaisons de la cascade (en A2).

Harry se met à chanter : « Facile à chanter. » Oui, et alors ? Il répète : « Fa Si La chanter. » Ah, en fait, il chante le nom des notes qui forment des syllabes. Quel mélomane averti !

81

La pierre est large, ça ne devrait pas poser de... Aaaaaaaaah ! Elle a roulé, elle ne tenait pas du tout !

Tu es tombé en bas, te rompant tous les os. Ce n'est qu'un jeu, recommence **en 80**.

82

Tu respires un grand coup et tu te lances. C'est comme un grand pas pour traverser la chute... Allez ! Tu prends une douche fraîche au passage, et te poses sur le rocher de l'autre côté. Tu as réussi ! Tu es désormais sur le rocher La à droite, tu peux descendre assez aisément sur le rocher Do ou repasser de l'autre côté en Mi. À toi de voir.

83

Tu es du côté droit de la cascade. Tu peux à nouveau franchir le rideau d'eau pour aller à gauche sur une pierre verte de mousse sur laquelle est inscrit Fa. Il te faudra carrément sauter ! Ou alors, tu te laisses pendre dans le vide pour aller sur le rocher Sol qui est en contrebas. Réfléchis bien et rends-toi au paragraphe en question à partir du tableau des combinaisons « Cascade » en A2.

84

Tu dois sauter pour atteindre la pierre. Pourvu que tu ne te sois pas trompé ! Allez, hop ! Quelques gouttes d'eau te mouillent au passage et tu atterris sur la pierre. Ouf, elle est stable. La mousse verte n'était pas glissante. Puis tu peux continuer ta progression en bas vers la pierre burinée d'un Si ou te raviser et retourner de l'autre côté en Sol.

85

À peine tu touches la pierre que tu glisses... jusqu'en bas! C'est fini. Il faut vraiment que tu fasses attention à l'ordre des notes sur ces rochers. Il y a une logique derrière tout cela. Recommence en 80.

86

Tu t'élances, et hop ! Tu te rates méchamment et tu te casses la jambe. C'est fini pour toi.

87

Sans encombre, tu arrives sur ce rocher à la forme hexagonale. La pierre Ré est vraiment facile, juste en dessous. Si tu n'as pas confiance, tu peux sauter de l'autre côté, en Mi.

88

En dessous, tu dois faire un petit effort pour atteindre Sol et continuer ta descente du côté droit. Ou alors tu préfères tenter le grand saut pour rejoindre une pierre verte de mousse avec une inscription Fa.

89

Sans encombre. Tu as bien joué ! Je pense que tu as compris la suite logique derrière ces notes. Il suffisait de comprendre que «Domicile adoré, facile à trouver» peut être décomposé en notes, gravées sur les rochers:

Do-Mi-Si-La-Do-Ré-Fa-Si-La. Une dernière grosse marche vers le La et tu es arrivé en bas. Tu peux te rendre maintenant **en 90**. Tu as débloqué ce lieu !

90

Tu ne peux arriver ici que si tu as passé un obstacle. Si tu arrives ici directement depuis le plan, par hasard, c'est pas du jeu. Ne lis pas la suite.

Le ravin continue, puis le lit de la rivière s'élargit et marcher sur son bord devient agréable. Le coin est à l'ombre, abrité par des pins, avec juste ce qu'il faut de soleil tropical. Tu entends encore le bêlement des chèvres sauvages. Au fond de la vallée, tu discernes bientôt une cabane. Puis quelques chèvres qui sont attachées là, des outils faits de bric et de broc, un hamac entre deux arbres. Quelqu'un a établi son campement ici, c'est certain ! Tu appelles : « Ho hé, y a quelqu'un ? »

Mais tu n'entends en retour que l'écho de ta voix. Si un

naufragé ou un marin abandonné sur l'île vit ici, soit il est parti chasser, soit il a peur de toi.

Un bruit dans les arbres attire ton attention. Un petit singe ! Il semble domestiqué, car il te regarde avec malice. Tu l'appelles : « Petit, petit... » Il reste hors de ta portée. Tu remarques qu'il porte une clé autour du cou. Ça peut être intéressant. Peut-être as-tu un objet pour l'attirer ou l'attraper, ce singe ?

Essaie avec les combinaisons !

Harry a les plumes du cou hérissées, il siffle et se dandine d'une patte sur l'autre. Il est sur la défensive. Il n'aime pas trop que tu t'intéresses à autre animal. Il est très jaloux, et il peut même mordre avec son bec.

Après, tu peux repartir sur tes pas, tu remontes la cascade, la vallée et reviens rapidement sur le croisement des sentiers, **en 20**.

91

Bien sûr ! Avec la corde, tu fais une boucle, un nœud coulissant, et te voilà avec un lasso ! Tu lances le lasso vers le singe. Mais il prend peur et remonte en haut de l'arbre à toute vitesse ! Mauvaise idée. Tu ranges vite la corde. Le singe t'observe, curieux. Tu as peut-être une autre idée ?

92

Le singe ne peut résister à la gourmandise. Il descend de l'arbre et tend le bras vers le fruit. Tu lui donnes une part de fruit qu'il mange avec avidité. Puis une autre, et encore une autre, en l'incitant à descendre de plus en plus bas. Alors que tu te prépares à l'attraper au prochain morceau, il saute sur ton épaule. Il est si mignon ! Il te fait confiance. Tu lui donnes le fruit, et, pendant qu'il mange, tu regardes attentivement la clé. C'est une **petite clé en métal**, du

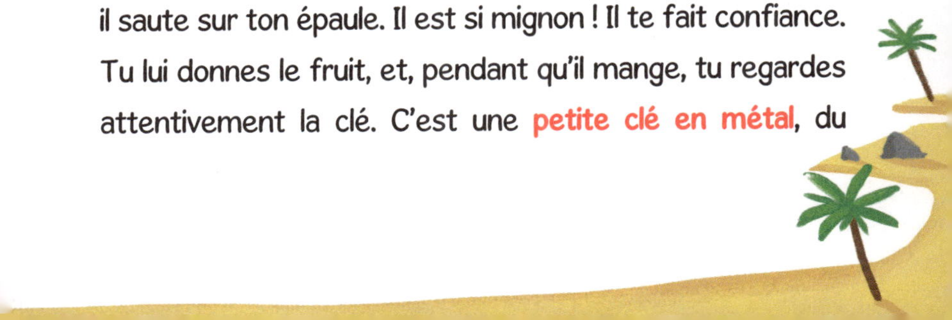

genre de celles qui ouvrent des coffres de marin. Le singe t'aime bien, il t'épouille. Il est en train de te recoiffer d'une drôle de façon! Tu rigoles bien avec lui. Pendant qu'il est très occupé à te chercher des poux sur la tête, tu lui enlèves la clé avec délicatesse. Coche-la sur ton inventaire. C'est à ce moment que... Rends-toi **en 95**.

93

Tu ouvres soigneusement ton baril et tu lances quelques grammes de poudre en l'air. Il ne se passe rien. Sans feu, ça ne va pas brûler. Mais au fait, quelle idée saugrenue! Réfléchis plutôt à un moyen d'amadouer ce petit singe.

95

Un vieil homme hirsute sort de sa cachette. Il a un vieux mousquet à la main. Un fusil de pirate, tu ne sais pas s'il est chargé ou non, mais il vaut mieux ne pas tenter le diable. Tu lances un « Bonjour » timide. Mais le vieil homme ne fait que gémir en réponse. Il a l'air de se méfier. Tu

lui redonnes le singe. Il approuve de la tête. Puis il essaie de te dire avec ses mains, qu'il vit ici, caché, et qu'il ne faut pas dire aux autres pirates qu'il est là. Le pauvre est muet, tu as compris. Puis il te fait comprendre par des signes qu'il faut que tu ailles sur l'épave de son bateau, vers la plage, **en 60**. Il te montre une planche au-dessus de la porte de sa cabane, où on peut encore lire *Fancy Pearl*. Tu comprends que c'est le bateau à bord duquel il s'est échoué, il y a longtemps. Le nom te dit d'ailleurs quelque chose.

Le vieux naufragé te demande de partir maintenant. Tu hésites, il pourrait t'accompagner. Tu essaies de l'inviter à te suivre, pour qu'il puisse repartir de cette île avec toi.

Il répond « Non » par signes, qu'il est trop âgé pour ça, qu'il a vécu heureux ici et qu'il a peur des autres pirates.

C'est à regret que tu quittes le vieux naufragé muet, mais ton aventure doit se poursuivre. Tu reviens sur tes pas et suis ses conseils, direction la plage, **en 60**.

100

Comment aider cet indigène ? Il te fixe du regard avec un mélange de peur et d'espoir. Le pauvre, il ne sait plus si tu es un ennemi ou un ami. Et si tu connaissais un moyen de soigner sa morsure ? Il faudrait identifier et trouver le remède. Tu réfléchis : avec quoi fabrique-t-on des médicaments ? Avec des plantes, le plus souvent. Mais tu ne connais rien des plantes de cette île. Laquelle est toxique? Laquelle serait bénéfique pour ce pauvre Indien? Cette information est forcément quelque part, réfléchis. Quand tu auras trouvé la bonne plante, va aux combinaisons (en A2 et teste son effet... S'il te manque des éléments, reviens **en 40** et explore d'autres parties de la jungle. Agis vite, l'Indien attend ton aide, **en 42**.

Harry volette de branche en branche et coupe une fleur pour la manger. Ce perroquet sera-t-il d'aucune utilité un jour ?

101

Tu appliques la fleur sur la plaie du jeune homme. Il te regarde faire mais n'a pas l'air rassuré. La fleur ne semble avoir aucun effet. L'indigène est de plus en plus faible...

102

Tu fais un cataplasme avec la fleur à l'endroit où il a été mordu. Le jeune indigène semble approuver du regard et se masse lui-même le pied. Après quelques minutes, il s'apaise et reprend des couleurs. Bravo ! Tu t'es fait un nouvel ami. En reconnaissance, il te donne une bague en forme de crâne. Tu te dis que cela fait peur, mais c'est **une vieille bague de pirate**.

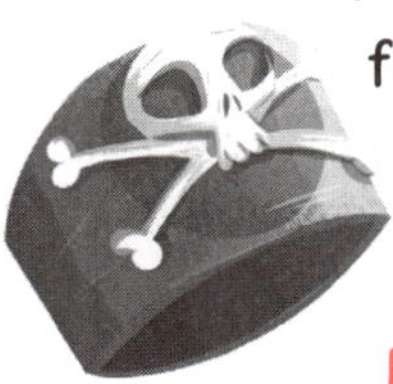

Tu lui demandes à qui il l'a prise. L'indigène te répond que son ami, le capitaine Flynn lui a donnée, pour qu'il protège son trésor. Sait-il où se trouve ce trésor ? Tu lui expliques que les pirates cupides avec lesquels tu es venu ne repartiront pas d'ici sans avoir retrouvé ce trésor, et qu'ils risquent de les trouver, lui et sa famille, et de leur faire du mal. Une lueur triste passe dans les yeux du jeune Indien. Il a perdu sa famille à cause d'une maladie. Il vit dans la jungle tout seul et a pour seul ami un vieux naufragé du nom de Roberts. Il vit dans le fond d'une vallée difficile d'accès, protégée par une cascade. Flynn est mort et enterré avec son bel uniforme de marin du royaume de France, sur le pic du Diable, face à la mer, selon ses dernières volontés. Il a laissé des indices cryptiques partout pour retrouver son trésor ! Mais surtout, à la fin de sa vie, le capitaine regrettait d'avoir envoyé autant de bouteilles à la mer indiquant un trésor dans une fausse direction. Vers une grotte dangereuse du volcan. Flynn disait que, à cause de lui, sans doute un jour de méchants pirates sans foi ni loi viendraient ici. Ce jour est apparemment arrivé. Mais tout n'est pas perdu ! Il suffit de retrouver le véritable trésor de Flynn. Retourne **en 42** et continue d'explorer la jungle.

103

Tu appliques les pétales des fleurs que tu as cueillies sur la morsure du jeune Indien. Il n'a pas l'air très rassuré. De fait, son état ne semble pas s'améliorer, au contraire. Si tu as essayé au hasard, il vaut mieux se renseigner.

104

Les grandes fleurs que tu as ramassées font un cataplasme parfait, facile à appliquer sur la blessure. C'est là son seul avantage, car son état ne s'améliore pas.

105

Ces fleurs sont trop fragiles, elles se désagrègent dans tes doigts et elles ne servent à rien. Harry te conseille de chercher mieux que cela avant d'essayer de guérir le jeune indigène.

110

Tu es surpris. C'est sans doute la dernière trace d'un peuple, lointains cousins des Mayas, qui vivait là sur cette île, autrefois, chassés de leurs terres par les Aztèques et les Toltèques ! Le temple de forme pyramidale est construit de la même pierre noire. Mais il n'a pas de porte visible

ni d'escalier ! Comment entre-t-on ? Sur le grand côté, une sorte d'enfoncement cacherait facilement une porte secrète. Un grand dessin qui ressemble à un oiseau stylisé est gravé en relief dessus. Et tu repères quatre creux insérés dans le bas-relief au niveau des ailes, du corps, de la tête et de la crête de l'oiseau. Celui dans l'œil abrite un joli galet noir de jais. C'est là que tu vois par terre quatre autres pierres : une bleue, une jaune, une verte et une rouge. Quand tu les soupèses, elles ont des poids nettement différents. Trois emplacements libres, quatre couleurs, il faut sans doute reproduire un ordre particulier. Mais lequel ? Utilise les combinaisons, en A2, pour essayer. Et aussi ta tête !

Harry se pose sur une branche et il se met à lisser ses plumes avec son bec. Il te regarde en coin et te parle : « Oh, oh, Coco ! On dirait un perroquet comme mon cousin. Comme ceux qu'on a déjà croisés ! »

111

Tu agences les pierres selon les couleurs qui te semblent le plus adaptées. Harry, ton perroquet, t'observe en tournant sa tête d'un air sceptique. De fait, une fois que tu as terminé, tu recules d'un pas pour admirer ton ouvrage. Mais c'est tout ce qui se passe.

112

Tu combines les pierres : en haut, en bas, au milieu. Cela produit un bel effet. Mais c'est tout ! Harry se moque de toi : « C'est cassé, oh, oh, oh. »

113

Tu disposes les pierres selon les couleurs qui ressemblent le plus aux aras que tu as rencontrés dans la jungle. Vert pour la crête, jaune pour le ventre et le corps, bleu pour les ailes ! Harry, ton perroquet, vole joyeusement autour de toi. Une fois que tu as placé la dernière, un son sourd se fait entendre. Un mécanisme s'enclenche et la porte se déplace lentement mais sûrement vers la droite, révélant un passage vers l'intérieur du temple… Tu as débloqué un nouveau lieu ! Bravo. Entre vite en 50.

114

Tu ordonnes les pierres comme tu le sens. Cela ne donne rien. Tu dois réfléchir à un schéma qu'auraient reproduit les Indiens avec ce coloriage.

115

Tu places les pierres de couleur dans leurs niches, selon ton intuition. Cela ne produit aucun résultat. Tu dois penser à un modèle dont se seraient inspirés les indigènes.

116

Tu arranges les couleurs comme celles du plumage de ton perroquet, Harry. C'est une belle intention, mais cela ne marche pas. Cependant, si les Indiens qui ont construit ce temple ne connaissaient pas Harry, ils avaient sans doute d'autres perroquets sous les yeux.

120

Tu es dans une fosse. Heureusement pour toi, le fond n'est pas hérissé de piques mortelles, mais est tapissé

d'un vieux tas d'herbe... Grâce à ça, tu n'es pas blessé. À peine relevé, tu essaies de remonter, mais les pierres n'offrent pas de prise et tu retombes.

Vite, réfléchir ! Sur le mur de droite, un cadran ! Si tu regardes bien, il est illustré de plusieurs symboles d'animaux. En haut, une sorte de dessin de vagues, en dessous au centre, un glyphe qui ressemble à un ovale... Que faire ? Quel alignement de bons symboles permettrait de te sortir de ce mauvais pas ?

Harry a été effrayé par ta chute, mais il revient se poser sur ton épaule… Quel gentil oiseau… Il cause à l'oreille : « T'as tort. Et le tort… tue ! » Voilà qui est bien tortueux.

123
121
124
126
127
125
122

121

Tu tournes le dispositif vers la gauche, et l'animal arrive pile à la position entre les deux symboles avec un déclic. Il ne se passe rien de plus. C'était une idée, mais les poissons pondent leurs œufs directement dans la mer. Peut-être qu'un autre choix serait meilleur ?

122

Vers la droite ou la gauche ? Cela n'a pas beaucoup d'importance, le cadran tourne sans effort. À chaque position il produit un petit déclic. Une fois la grenouille alignée, tu attends un peu. Il ne se passe rien. Peut-être que les grenouilles vont dans l'eau douce et pas dans la mer ?

123

Il te suffit de pousser une fois le cadran vers la droite pour mettre ce drôle de bonhomme en haut. Il a une queue, c'est peut-être un singe ? À part un petit déclic, cela ne produit rien.

124

Qui sort d'un œuf ? Les oiseaux. Tu alignes donc ce dessin à ceux d'en haut. Mais apparemment ce n'est pas un oiseau de mer, car rien ne se passe.

125

Clic, clic, clic, trois fois le cadran tourne, alignant cette énigmatique tortue avec les deux autres symboles. Et après un petit temps, un quatrième déclic retentit plus fort et tout le sol se met à monter. Tel un monte-charge, il revient au niveau du sentier. Te voilà sorti d'affaire ! Tu peux continuer ta progression sur la carte de la jungle.

126

Avec conviction, tu tournes le cadran vers la gauche pour aligner ce qui semble être un fauve, peut-être un guépard entre l'œuf et la mer. Clic ! Clic. Ça n'a aucun sens et il ne se passe rien.

127

Un insecte ? une araignée ? Qu'est-ce que c'est au juste, ce motif ? Tu n'es pas bien sûr. Mais les hypothèses incertaines donnent des résultats incertains. De fait, ça ne marche pas.

130

En avançant, tu décomptes quatre pirates. Ils sont tous endormis, parce qu'ils sont saouls. Une fiole de rhum vide et des noix de coco ouvertes recouvrent cette partie de la plage. Tu ramasses la **bouteille vide** machinalement. Tu peux l'ajouter à ton inventaire. Mais alors, l'un d'eux se réveille péniblement et te reconnaît ! Toi aussi, ça te revient, c'est Henry, le second du bateau. Il parle d'une voix peu assurée et son haleine empeste l'alcool.

« Ah ! Mauvais petiiit mousse... Que fais-tu là-ah ? Ça fait des z'heures que vous z'êtes partis à la recherche de ce mauvais trésor... Là-haut sur le volcan.

– Euh, ben le volcan s'est mis à gronder et à fumer et je me suis sauvé. »

Une réponse improvisée qui ne doit pas être bien loin de la vérité.

« Ha, ha, ha ! se moque-t-il. Pourquoi ça ne m'étonne pas ! Tu as toujours été un trouillard ! Bien, est-ce que tu sais au moins quand nous pourrons rentrer sur notre bateau et partir ? Cette île qui fume ne me dit rien qui vaille. John Silver est parti seul et il n'est pas rentré. »

À ce nom terrible, un des pirates sort de sa torpeur pour dire : « Henry, tu trouves pas bizarre que John Silver n'ait pas été de l'expédition vers le volcan ? Il est le premier à vouloir sa part d'or et à ne faire confiance à personne.

– Bah, il a ses douleurs avec sa jambe de bois. Il se sentait pas de monter là-haut. »

Tu réponds, avec ton air innocent : « Je confirme, ça grimpe ! Dites, pourquoi ne pas repartir maintenant ?

– Ha, ha, si tu fais cela, je vais te passer par-dessus bord ! Nous avons ordre d'attendre le retour de votre expédition. Et surtout, tous les hommes d'équipage, ceux ici comme ceux restés sur le bateau ne partiront nulle part sans leur part du trésor. Tous ont vu la carte au trésor trouvée dans la bouteille repêchée dans la mer, et ils ne voudront jamais repartir bredouilles. »

Bon, au moins c'est clair, impossible de partir de l'île sans avoir trouvé un trésor, penses-tu en regardant la barque tirée sur le sable, seul moyen de rejoindre le bateau pirate qui a posé l'ancre plus loin dans la mer.

À ce moment, une détonation retentit dans toute l'île ! Toi et le pirate, vous vous tournez vers la montagne.

Le volcan s'est réveillé pour de bon ! Un gros panache de fumée grise s'élève du cratère comme un chou-fleur.

Le pirate dit : « S'il en tenait qu'à moi, si ça pète encore une fois comme ça, je partirai d'ici. Mais les ordres sont les ordres ! Allez, mousse, va-t'en ! Essaie de te rendre utile. Ouste ! »

Tu profites de sa mauvaise humeur pour t'écarter et repartir. Le bateau pirate t'est inaccessible. Si l'expédition sur le volcan a été anéantie lors d'un éboulement dont tu serais le seul survivant, tu n'es pas près de pouvoir partir ! À moins que le trésor ne soit ailleurs, que les pirates n'aient pas trouvé la bonne route pour le trésor ? Ils ne semblent pas très malins. En tout cas moins qu'un petit mousse !

La plage se prolonge à l'ouest vers une longue plage de sable blanc, **en 180**, et à l'est vers les rochers du récif, **en 140**.

140

Tu te faufiles entre les rochers de plus en plus nombreux et de plus en plus hauts. En t'élevant, tu discernes une vieille épave de galion échouée sur un récif. Cela fait quelques années qu'elle est là, le temps et les ouragans ont fini de l'abîmer. L'océan est déchaîné sur cette partie de l'île. Il y a un bras de mer à traverser, mais tu ne sais pas nager et cela ne te dit rien d'essayer. Un des mâts échoués de l'épave penche à quelques mètres au-dessus de l'eau tourmentée. Comment l'atteindre ? C'est le moment d'utiliser un objet en ta possession ! Regarde bien ton inventaire.

Sinon, tu peux continuer ton exploration le long de la côte, **en 160**.

Harry, lui, peut voler, il s'en moque ! Il jase en perroquet : « Coco, perds pas le fil, ne perds pas le fil. » Oh, c'est un sacré volatile.

141

Tu lances un fruit juteux vers l'épave. Il tombe dans la mer et attire un grand oiseau de mer, qui s'en désintéresse vite. Tant pis, tu en as d'autres.

142

Tu ramasses un galet rond, puis tu enroules la corde deux fois autour, tu serres bien et fais un nœud. Puis tu lances très fort la pierre attachée à la corde vers le mât, en tenant bien l'autre bout dans ta main. La corde se déploie, dépasse le mât, et avec la gravité le galet retombe et le fil s'enroule autour du morceau de bois. Tu tires et ça tient. Il ne te reste plus qu'à attacher la corde de ton côté, et te voilà prêt à franchir le bras d'eau pour rejoindre l'épave. Tu as réussi à débloquer ce lieu. Va **en 150**.

143

Tu t'apprêtes à jeter la bouteille contre la coque, comme si tu baptisais le bateau. C'est un beau geste, mais ça ne te fera pas du tout passer de l'autre côté du bras de mer pour atteindre le récif où est l'épave. Essaie autre chose.

144

Tu vas tout faire sauter ! Le briquet avec le baril de poudre, et voilà... C'est possible. Sauf qu'il s'agit de franchir l'espace au-dessus de la mer, vers le mât du bateau tout proche. Et ça n'est pas un baril et un briquet qui vont te fabriquer un pont ! Allez, réfléchis !

150

Ce lieu est inaccessible au départ, tu dois d'abord le débloquer.

L'extérieur de l'épave est dans un sale état, algues et coquillages se sont fixés sur les morceaux de bois de la coque. D'évidence, quelqu'un s'est servi en bois avant toi, car des planches ont été soigneusement enlevées, laissant des trous béants dans le galion, comme les côtes du torse d'un géant allongé. Les quartiers du capitaine et tout l'arrière du bateau sont encore en relativement bon état. Tu lis le nom du navire encore visible, Fancy Pearl. Tu arrives devant la porte de la cabine du capitaine, mais elle est fermée. Peut-être as-tu un moyen de l'ouvrir ?

Harry s'énerve et volette partout dans l'épave. Il se met à parler : « Macaque ! Il a la clé ! Le macaque !!! » Quel taquin !

151

Tu sors le pendentif de ta poche et essaies de le faire entrer dans la serrure. En vain. Ce n'est pas une bonne idée.

152

Mais bien sûr, la clé au cou du petit singe ! Elle déverrouille sans peine la porte. Ouvre-la en 155.

153

Tu verses un peu de poudre dans la serrure, pour la faire sauter ! Ingénieux, mais il te manque de quoi allumer !

154

Tu verses un peu de poudre dans la serrure, puis tu approches ton briquet avec précaution. La poudre s'enflamme immédiatement. Vite, tu t'écartes. Tu te brûles un peu ! La serrure explose et la porte est fragilisée. Un grand coup de pied dedans, et c'est ouvert ! Tu peux aller visiter la cabine, en 155.

155

Tu pénètres dans ce qui était sans nul doute la cabine du capitaine Flynn. En fouillant, tu trouves sans peine un journal de bord. Le capitaine a consigné son histoire. Tu peux aller lire le journal, en A1. Il fourmille d'informations utiles sur l'île. Ce ne sera pas du temps perdu! Ensuite, tu rentreras par le même chemin directement sur la plage, en 140.

160

La plage se rétrécit et tu te retrouves coincé entre une étroite bande de galets attaquée par les vagues et une falaise qui monte. Tu finis par grimper sur les rochers pour

170
169
168
167
166
165
164
163
162
161
160
+ II
+ III

suivre la falaise. En bas, la plage a disparu et les vagues se brisent en produisant de l'écume. Tu aperçois ce qui doit être des lions de mer ou des morses sauvages.

Après un tournant, un pic escarpé jaillit de la mer à plusieurs mètres. Son sommet est plat et supporte un pont en bois qui oscille dans le vent. Tu arrives au début du pont, qui passe au-dessus du vide, la mer agitée en contrebas.

Tu vois nettement un aménagement de pierre en haut du pic de l'autre côté. Ça vaut le coup d'aller voir, mais il faut passer ce pont mouvant, dont certaines planches usées semblent bien fragiles. Tu comprends d'ailleurs que ce sont des planches récupérées de la coque de l'épave.

Regarde bien le pont, tu trouveras peut-être des indices pour t'aider.

Harry vole d'un coup d'ailes vers le pic, lui n'a pas besoin du pont. Mais comme il voit que tu n'avances pas, il revient se poser sur les deux cailloux devant toi, comme sur l'image : « Qu'est-ce que t'attends ? Qu'est-ce que t'attends ? » C'est là que tu vois un indice. Quel malin !

À toi de jouer ! Sur quelles planches vas-tu marcher ? Observe bien le pont et les deux cailloux devant. Tu peux atteindre les trois planches suivantes au maximum ! Et encore, pour la troisième tu dois sauter. Au pire, tu essaieras de te rattraper aux cordages. Va directement au numéro où tu choisis de poser le pied. Soit **en 161**, une grande enjambée, **en 162**, ou sauter, **en 163**.

161

Tu poses le soulier sur la planche la plus proche et à peine tu avances dessus que tu la sens craquer en deux. Tu as tout juste le temps de te jeter en arrière. Repars au début.

162

Tu poses le pied sur une planche qui a l'air bien vermoulue, pourtant tout se passe bien. Tu peux continuer. Maintenant, tu peux aller sur la suivante, **la 163**, ou faire un grand pas vers **la 164** ou sauter courageusement directement sur **la 165**. Réfléchis et choisis bien !

163

Tu poses le pied sur une planche qui craque immédiatement, tu te tiens aux cordes pour ne pas tomber, le pont balance de plus en plus, c'est vraiment pas malin !

164

Tu dois sauter pour atteindre cette planche, qui craque immédiatement. Tu n'arrives pas à te retenir et tu chutes. C'est la FIN de l'aventure pour toi. Comme tu es un jeune pirate encore inexpérimenté, on va dire que tu reprends en 160 si tu veux. Relis bien le texte et l'illustration.

165

Tu respires un grand coup et tu arrives sans encombre sur cette planche. Encore un effort, tu es presque arrivé.

166

La planche craque, tu t'en sors uniquement parce que tu t'accroches aux cordes !

167

Tu balances ton pied avec assurance et... ça tient. Je pense que tu as compris le truc ou que tu as beaucoup de chance ! Tu es presque arrivé ! Tu sautes une dernière fois **en 170** ? Ou tu as peur et tu préfères marcher lentement **vers 168**, ou franchir cette planche et allonger le pas **en 169** ?

168

Tu balances ton pied et... tu casses la planche d'un coup, et toi avec. Enfin quelques mètres plus bas. C'est la FIN de l'aventure pour toi. Comme tu es un jeune pirate encore inexpérimenté, on va dire que tu reprends **en 160** si tu veux. Relis bien le texte et l'illustration.

169

Et hop ! un petit pirate qui vole… ah non, qui tombe en fait. C'est fini pour toi. Comme tu es un jeune pirate, on va dire que tu recommences le livre ou **en 160**, comme tu le sens. Essaie de bien comprendre le texte et de bien observer les images.

170

Au sommet du pic du Diable.

Tu ne peux arriver ici que si tu as passé un obstacle. Si tu arrives ici directement depuis le plan, c'est pas du jeu. Ne lis pas la suite.

Bravo ! Tu es passé de l'autre côté ! Ce n'est pas un mince exploit !

Le sommet du pic est très impressionnant, tu vois la mer à des kilomètres. Mais tu as la place pour marcher sans risquer de tomber. Il y a un vieux tas de bois et de branches, les traces noires d'un foyer qui devait servir à faire un signal. C'est-à-dire à faire un grand feu pour se signaler aux bateaux. À côté tu trouves un vieux **briquet** à silex. Il fonctionne encore, ce qui veut dire que tu peux faire du feu ou allumer un autre objet inflammable avec.

Enfin, difficile de manquer un petit tas de pierres arrangé. C'est une tombe ! L'inscription dit :

Voilà qui semble clair pour une épitaphe. Y a-t-il un sens caché à ce texte marqué sur la tombe, le capitaine Flynn voulait-il transmettre un message ? Mystère ! Retourne sur tes pas, **en 150**. As-tu tout visité ? Si tu as trouvé comment visiter l'épave, tu as terminé l'exploration de ce côté de l'île ! N'oublie pas que tu as un plan.

180

Ton regard embrasse l'immense plage blanche constellée de palmiers oscillant dans le vent. Des nuées de petits **crabes** sont ballottées par les vagues. Tu peux ramasser un ou deux **crabes** sans effort. Le paysage serait paradisiaque si on avait inventé les vacances et que tu avais ton billet retour, mais il faut que tu te débrouilles pour partir d'ici. Poursuis ton exploration autour de l'île, **en 190**. Sinon, reviens vers le groupe de pirates, **en 130**.

190

La plage se rétrécit puis finit sur un cap où l'on a construit un fortin de pierre et de bois il y a longtemps. Une relique des conquistadores espagnols ? Va savoir. Face à la mer, il y a une planche en bois qu'un artiste désespéré s'est amusé à graver avec les directions vers les ports connus. Séville, en Espagne, Port-Royal, en Jamaïque, etc. Il a ajouté une rose des vents avec une boussole qui indique le nord. Et une curieuse devise qui t'interpelle : « Dans la jungle, suivre la boussole fait S E N S. » Tu arraches **la boussole** au support de bois, elle te sera utile ! En contrebas du fortin, dans les pierres, tu remarques un éclat dans l'eau. Un bijou ? Tu peux enjamber le mur en ruine et descendre voir en contrebas, **au 200**, ou poursuivre après vers la crique aux tortues, **en 210**, ou revenir **en 180** sur la plage aux crabes.

Harry se pose délibérément sur la planche écrite et gratte les lettres du mot « sens » avec son bec. Et là tu te demandes : « Pourquoi avoir écrit SENS en majuscules ? »

200

Les pierres écroulées succèdent aux rochers dans l'eau. Ce côté du cap est particulièrement calme, à l'abri du vent, et seules quelques vaguelettes ondulent la surface de l'eau. Tu distingues clairement l'éclat d'un pendentif au fond de l'eau, à moitié enseveli dans le sable. Une croix ? Soudain, tu perçois un frémissement : le sable se trouble,

des tentacules émergent ! C'est une pieuvre ! Tu te rejettes en arrière, la peur au ventre. L'animal te regarde de ses étranges yeux. Mais il est plus curieux qu'agressif, il ne va pas te manger. Cependant, si tu veux plonger récupérer le bijou en forme de croix au fond de l'eau, il va te falloir plus que du courage et trouver un moyen de détourner la pieuvre de son antre ou de l'occuper !

Harry joue avec une petite noix vide. Il essaie de trouver sa nourriture à l'intérieur. Il agrippe la noix avec sa patte, et grâce à ses doigts opposables, il peut la tenir juste devant son bec ! Comme un homme se servirait de sa main. Puis il déniche la graine à l'intérieur et s'en délecte. Satisfait, il parle : « Oh, oh, oh, une bou-outeille de rhum ! » C'est fou ce que les animaux sont capables de faire dès qu'il s'agit de manger !

201

Tu t'approches du bord, prêt à plonger et tu jettes la fleur dans l'eau vers le céphalopode. La pieuvre rétracte un de ses tentacules et semble indifférente. La fleur flotte un temps et une vague l'emporte plus loin.

202

La pieuvre se jette sur le pauvre crabe et l'ouvre comme une boîte de conserve pour le dévorer. Elle a huit tentacules, donc ça va très vite ! Tu as à peine eu le temps de plonger qu'elle a déjà fini. Elle crache un nuage d'encre noire et tu ne discernes plus rien du fond où était le pendentif. Tu prends peur et remontes vite ! Raté de peu !

203

Tu attrapes un petit crabe et tu le mets dans la bouteille, que tu rebouches. Voilà qui va donner du fil à retordre à la pieuvre ! Tu remplis la bouteille d'eau de mer pour qu'elle coule et tu l'envoies à la rencontre de la pieuvre. Elle n'a même pas le temps de descendre au fond que l'animal l'attrape avec un tentacule et tâte le bouchon

avec un autre. Il comprend vite que le crabe est enfermé dans la bouteille, mais il explore avec ses tentacules toutes les possibilités. C'est une créature intelligente, elle va chercher. Pendant ce temps, tu plonges dans l'eau à la recherche du pendentif. Ce n'est pas si facile de le discerner au fond de l'eau troublée par tout ce sable... Le vois-tu ? Quand tu l'auras trouvé, coche **le pendentif** sur ton inventaire.

204

Tu tentes le coup ! Une corde, avec un nœud coulant, un lacet, histoire d'occuper la pieuvre ou peut-être de l'attraper, la piéger. Une fois immergée, la corde est bercée entre deux eaux. Le poulpe n'y ac...corde aucune attention. Récupère-la, ta corde, hé !

210

Tu passes le cap et embrasses du regard une crique de sable blanc et de mer turquoise... Cela en serait presque ennuyeux et répétitif si ce n'était si beau, si calme, si paisible... Attends, une tortue vient de sortir de l'eau ! C'est un animal blanc crème et marron constellé de taches avec de grands yeux noirs. Adorable ! La tortue des Caraïbes va aller pondre en haut de la plage plus loin, au pied des cocotiers de la jungle proche, ensevelir ses œufs dans le sable. Et bientôt, ces œufs écloront, et il faudra qu'ils rejoignent vite la mer avant d'être dévorés par leurs prédateurs. Le cycle éternel de la vie. Tu as presque accompli ton tour de l'île, mais la jungle rejoint la mer dans une mangrove impénétrable et tu es contraint de faire

demi-tour, **en 190**, face à l'imbroglio inextricables de branches et de racines de palétuviers qui plongent à même la mer. Tu es arrivé au bout de ton exploration de ce côté de l'île. As-tu été de l'autre côté, **vers 140** ? Et la jungle qui commence **en 30**, as-tu essayé ?

220

C'est bien, tu as compris le principe ! Là, tu aurais lu ce qui se passe lorsque tu utilises ta corde. Retourne au début du livre.

221

Bravo, tu sais te servir des combinaisons ! Tu peux revenir lire le début.

222

Il n'y a pas de grappin dans cette aventure, il n'est pas écrit sur le rabat de l'inventaire, mais tu as compris le principe. Reviens au début du livre.

A1 – Journal de bord

An de grâce 1680. Je suis le capitaine Flynn. Ceci est le journal de bord du Fancy Pearl, mon bateau. Par une nuit de forte tempête, nous avons échoué sur le récif de cette île inconnue. Seul Roberts et moi-même avons survécu car nous savions nager et que nous avons pu franchir un bras de mer nous séparant de la plage. Une fois la mer apaisée, nous avons pu ramasser, sur l'épave du bois, quelques vivres, un mousquet et un stock de bouteilles de rhum. Nous avons pu établir un campement près d'un cours d'eau, dissimulé au fond d'une vallée. Mais je crains que nous ne soyons pas seuls sur cette île. Je me suis senti observé à plusieurs reprises.

Nous avons bu la moitié du rhum. J'aimerais envoyer un message de détresse dans les bouteilles vides. Je suis tiraillé entre mon désir d'être secouru et de partir de cette île et la crainte d'être arrêté pour piraterie. Il faudrait que nous soyons secourus par des frères de la côte, comme nous, mais ils voleraient mon trésor. D'un autre côté, si ce sont les bateaux des Espagnols, ou des Anglais, je ne donne pas cher de notre peau.

L'île n'est pas déserte. Une tribu d'indigènes vit dans la jungle. Nous avons été rapidement découverts et encerclés. Heureusement, ils ne sont pas hostiles. La communication n'est pas facile, mais nous avons réussi à les amadouer. Mon trésor ne les intéresse pas !

Les indigènes nous ont montré les plantes qui guérissent et où trouver à manger. L'île regorge d'animaux et de sources de nourriture, mais il faut se méfier des serpents. Certains sont venimeux. On les reconnaît grâce à leurs couleurs et à leurs anneaux. J'ai tout consigné dans mon journal pour ne pas oublier ces précieuses informations. C'est le chapitre Animaux de l'île un peu plus loin.

J'ai trouvé une ruse pour qu'on vienne nous sortir de là. J'ai dessiné une fausse carte au trésor, qui pointe vers une fausse direction ! Les forbans qui la suivront escaladeraient immédiatement la montagne vers le volcan. Assoiffés par leur soif de richesses, ils négligeraient de fouiller le reste de l'île. Ce qui nous laisserait, à Roberts et moi, avec l'aide des indigènes, tout le temps de nous emparer de leur navire et de nous échapper. Avec mon trésor, je peux convaincre l'équipage resté à bord de se rallier à ma cause. Je connais bien les pirates, seul le profit les intéresse.

Roberts, mon compagnon d'infortune, s'est bien acclimaté, je crois qu'il se plaît plus dans cette île que dans sa condition de pirate. Il mène une vie simple et tranquille, s'occupant de la chasse et de la cueillette. Ici nous avons à manger en abondance et nous sommes en paix. Je m'ennuie, alors je m'intéresse aux Indiens. Ils m'ont appris à me soigner grâce aux plantes. Leur connaissance de la flore de l'île est impressionnante. Ils m'ont révélé un petit temple enfoui dans la jungle qui recèle des secrets fascinants. Il est protégé par des mécanismes cachés. Tout est logique... naturel même !

Les indigènes sont tombés malades. C'est terrible, je ne sais que faire pour les aider. Ils ne connaissent pas cette maladie qui les décime. Nous avons dû apporter les germes. Je suis rongé par la culpabilité.

Je suis désespéré. Je suis gravement malade, moi aussi. Seuls Roberts et un jeune Indien semblent guéris ou immunisés. Je n'écrirai pas dans ce journal où j'ai caché mon trésor. Je l'emporterai avec moi dans ma tombe... non. Je délire, la fièvre m'emporte ! Personne ne viendra nous chercher. Tout est perdu.

Animaux de l'île

Cette île est peuplée d'animaux étonnants. Ainsi, la jungle abrite une espèce de perroquets multicolores : jaune, vert et bleu.

Les singes sont des créatures intelligentes et curieuses, qu'on peut amadouer avec un fruit.

Le cap abrite des pieuvres. Elles sont friandes de coquillages et de crustacés. Elles grossissent pour survivre, au détriment de leur nombre. Les plus petites ne survivent pas.

La grande plage regorge de crabes comestibles. On peut les attraper à mains nues. C'est une chance, car la pêche est difficile à cause des courants et du vent. On risque de s'éloigner de l'île et de se perdre en mer.

Les singes et les indigènes attrapent les noix de coco. C'est un moyen pratique pour s'hydrater. Une fois qu'elles sont coupées en deux, l'intérieur recèle une sorte de lait très nourrissant.

La jungle a deux sortes de serpents : certains sont venimeux et très dangereux, d'autres sont inoffensifs.

Heureusement, les indigènes m'ont décrit une fleur qui permet de sauver celui qui s'est fait mordre, à condition de l'appliquer directement sur la plaie.

Fleurs de l'île

Description de la fleur	Couleur	Usage
6 pétales en forme de cœur	Bleue	Guérit de la fièvre d[redacted]
4 pétales	Jaune	Diarrhées
Calices en forme de cloche	Vi[redacted]	[redacted]
9 pétales bien détachés	[redacted]	Morsure de serpent
5 pétales ronds et pointus	Bl[redacted]	[redacted]ticulations
4 pétales en forme de flamme	Rouge	Plaies, infections

A2 – Combinaisons

Grâce à ce tableau, tu peux essayer tes idées : associer un objet avec un autre, ouvrir un coffre avec une clé, par exemple, ou utiliser un objet à partir d'un lieu.

	Tête	Bouche ou nez	Rocher
Foulard	**5**	**4**	**3**

	Bouteille	Briquet	Boussole	Foulard
Jungle	**32**	**31**	**34**	**33**

Cascade

Do	Ré	Mi	Fa	Sol	La	Si
87	**88**	**81**	**84**	**85**	**82**	**89**

	Baril de poudre	Corde	Fruit
Singe	**93**	**91**	**92**

	Baril de poudre + briquet	Corde	Bouteille	Fruit
Mât de l'épave	**144**	**142**	**143**	**141**

	Pendentif	Baril de poudre	Clé	Baril + briquet
Porte de la cabine du capitaine	**151**	**153**	**152**	**154**

	Fleur	Crabe	Crabe + bouteille	Corde
Pieuvre	**201**	**202**	**203**	**204**

Remède

	Rouge	Orange	Jaune	Bleu	Violet
Fleur	**101**	**102**	**103**	**104**	**105**

Énigme des pierres de couleur du temple

	Crête	Aile	Corps	Renvoi page
Couleurs	jaune	verte	rouge	**111**
Couleurs	bleue	verte	jaune	**112**
Couleurs	verte	bleue	jaune	**113**
Couleurs	jaune	bleue	vert	**114**
Couleurs	rouge	bleue	vert	**115**
Couleurs	verte	rouge	bleu	**116**

Coffre

Bague à tête de mort	Clé en métal	Pendentif	Briquet	Boussole	Bouton
52	**51**	**53**	**54**	**56**	**55**

AZ - Inventaire

- [ ] Un foulard rouge
- [ ] Une corde d'une douzaine de mètres
- [ ] Un baril de poudre
- [ ] Une boussole
- [ ] Des fruits délicieux
- [ ] Un pendentif avec une croix
- [ ] Une fleur
- [ ] Une clé en métal
- [ ] Une bague à tête de mort
- [ ] Un briquet
- [ ] Une bouteille vide et son bouchon
- [ ] Un crabe ou deux
- [ ] Un bouton

ÉPILOGUE

Soudain la terre tremble et un énorme grondement ébranle les murs du temple ! Le volcan ! Tu l'avais oublié, celui-là, dans l'excitation de la découverte du trésor. De la poussière et des gravats tombent du plafond, il est temps de fuir. Tu attrapes le plus possible de sacoches de pierres précieuses, que tu passes autour de ton cou grâce aux longs lacets qui ferment les sacs. Harry est paniqué, ses plumes sont hérissées et il siffle. Il faut partir vite. Tu sors, dans l'air moite de la jungle. Le jeune Indien est là. Il semble guéri.

« Je vais t'aider, dit-il, tu dois partir de cette île et emmener ces pirates !

– Et toi ? demandes-tu, tu vas mourir ici dans l'éruption ?

– Penses-tu ! C'est mon île ! Mon peuple a vécu là pendant des années et des années. Je ne crains pas le volcan. »

Il te guide à travers la jungle. Il te fait prendre des raccourcis que tu n'aurais jamais vus, même si on te les avait indiqués. C'est une course éperdue à travers les feuilles, sautant par-dessus des cours d'eau, à l'aide de lianes soigneusement disposées. En moins de cinq minutes, te voilà près de la plage où attendent les pirates et le second maître du navire. Ils sont inquiets et regardent au loin le panache de fumée noire du volcan. Ils ne peuvent pas vous voir, tapis dans les buissons en bordure de plage. Le jeune indigène montre sa sarbacane: « Affiche ton expression la plus terrifiée et rejoins-les ! Supplie-les de partir tout de suite! Je vais leur faire peur ! Tu n'as qu'à dire que tu es poursuivi par une tribu hostile, ils te croiront.

– Au revoir, merci de ton aide.

– Merci de m'avoir sauvé la vie ! Je t'avais attaqué le premier et tu m'as soigné.

– Tu ne pouvais pas savoir, les pirates sont la plupart du temps cupides et sanguinaires.

– Tu n'es pas comme cela. Tu as fait de bons choix. Maintenant, pars ! »

Tu respires un grand coup.

Tu te relèves et déboules des buissons en hurlant !

« J'ai trouvé ! J'ai trouvé le trésor !!! »

Il faut voir l'air ahuri des pirates, c'est comique, vraiment.

Tu leur jettes un sac, puis un autre, et tu ouvres le contenu d'un troisième. L'avidité et la cupidité allument leurs regards.

« Où as-tu trouvé cela, petit mousse ? Où sont les autres ?

– Dans la grotte du volcan ! Le tremblement de terre du volcan a tout fait s'écrouler ! J'ai pu m'en sortir par une faille parce que je suis petit...

– Étrange. N'y avait-il pas aussi de l'or ? Des pièces ou des lingots d'argent bien lourds ? Est-ce que tu mentirais? Montre-nous le chemin. »

Aïe, la bourde ! Si tu les emmènes au volcan, tu n'en sortiras jamais vivant et ils verront que tu les as trompés. Et si tu avoues avoir menti et les conduis au coffre, ils risquent de trouver ton ami ou Roberts, le vieux naufragé...

Tchak ! Une flèche vient de se planter dans le sable à côté de toi.

Tu cries de plus belle : «Les sauvages ! L'île est habitée de sauvages cruels ! Ils ont déjà tué John Silver, je l'ai vu en coupant par la jungle pour revenir. Il faut vite s'enfuir!»

Et une deuxième flèche qui part des buissons et perce le tricorne d'un des pirates a vite fait de les convaincre. Tu entends même des cris gutturaux effrayants.

Cela fait illusion, les pirates se croient attaqués ! Ils ne cherchent pas plus loin que leur barbe. Ils mettent la barque à l'eau et sautent dedans avec les sacs. Tu ne demandes pas ton reste et montes à bord. Tu pars enfin de cette île. Ils rament à toute allure vers le navire. Même le volcan s'y met, car soudain son cratère explose ! Des rochers retombent sur la montagne et la jungle proche. Un énorme champignon de fumée se dégage. Une coulée de lave s'ouvre, s'effondrant de la falaise dans la mer, dégageant un son formidable comme celui du métal plongé dans l'eau ! Heureusement que vous arrivez vite au navire pirate, car il était déjà en train d'appareiller! Toute la bande monte à bord, hissée par les pirates restés sur le bateau, curieux de savoir ce qui s'est passé !

Les hommes sont doublement heureux de partir : ils ont peur de l'éruption et ils ont trouvé le trésor ! Ils pensent déjà à se partager le butin. Le bateau pirate s'éloigne de l'île, le volcan poursuit son éruption. Et à la longue-vue, tu vois que la lave coule directement dans la mer. C'est le volcan qui a créé cette île, il y a peu de danger en vérité pour tes amis le vieux naufragé et le jeune indigène. Ils peuvent vivre sur la plage du côté opposé pendant les quelques jours que durera l'éruption.

D'ailleurs, tu crois voir une silhouette sur la plage qui regarde. Oui... c'est ce bon vieux Roberts, en haillons avec son mousquet à la main. Le jeune indigène est à côté de lui, sa sarbacane à la main.

Les pirates chantent leur bonne fortune ! L'un d'eux vient te voir !

« Eh, mousse, si tu nous narrais ton aventure ?! Tu as été sacrément courageux pour échapper au volcan et à ces sauvages ! Raconte-nous ! »

Pourras-tu un jour raconter la vérité ? Toi qui as trouvé bien plus que le trésor du capitaine Flynn, qui as découvert le pouvoir de la compassion, de la gentillesse et de l'intelligence.